Diogenes Kunst Taschenbuch 2606₃

de
te
be

D1720871

Edward Gorey

Die blaue Stunde

Deutsch von
Jörg Drews

Diogenes

Die blaue Stunde

– Fressen ist weniger schlimm als gefressen *werden*.
– Das und einiges andere muß ich
  unbedingt schriftlich festhalten.

– An einem Tag in der Woche . . . . e ich nicht,
   aber ich werde nie jemand verraten, an welchem.
– Letzte Woche war's am Donnerstag, oder?

– Mir scheint, Wein wärmt sehr schnell.
– Bei dir weiß man wirklich nie,
   was du für wichtig hältst.

– Die . . . . s treiben es heftig über uns!
– Die Aussage stimmt nur dann,
  wenn man direkt unter ihnen wohnt.

– Ich beleidige dich nie vor anderen.
– Ich vergesse immer wieder, bei allem,
  was du sagst, auf den verborgenen
  Sinn zu achten.

– Jetzt hätte ich gern ein Petersiliensandwich.
– Soweit ich weiß, gibt es die zu
  dieser Jahreszeit nicht.

– Nicht alles im Leben ist als Gleichnis aufzufassen.
– Deshalb soll man auch den Tag
  nicht vor dem Abend loben.

– Wie ich zu sagen pflege.
– Ich weiß, erinnere mich allerdings nicht,
es je gehört zu haben.

– Kampan'yō-isu no ryōkin wa tokubetsu ni ikura desu ka?
– Kibun ga warui.

— Wie hoch ist die Extragebühr für einen Liegestuhl?
— Mir ist speiübel.

– Durst ist schlimmer als Heimweh.
– Manchmal hat man keine Wahl.

– Soviel ich weiß, ist . . . . Schriftsteller.
– Wenn du willst, führe ich dich bei ihm ein.

– Es gibt mehr Dinge zwischen Himmel und Erde,
  als wir ahnen.
– Et hinc illae lacrimae.

– Ich dachte, es würde anders kommen.
– Das tat es ja dann auch.

– Was ist Essen?
– Die älteste Stadt des Ruhrgebiets.

d'après une photographie de T.J.F. III

Edward Gorey

wurde am 22. Februar 1925 in Chicago geboren. Er diente drei
Jahre in der Armee, studierte französische Literatur an der Har-
vard University, wo er 1950 graduierte. 1953 veröffentlichte er
sein erstes Buch *The Unstrung Harp* (Eine Harfe ohne Saiten). Er
zog nach New York und arbeitete dort bis 1960 als Art Director
für den Verlag Doubleday & Co. 1959 machte der renommierte
amerikanische Literaturkritiker Edmund Wilson auf ihn auf-
merksam, seit 1961 erscheinen seine Werke im Diogenes Verlag.
Inzwischen ist Gorey berühmt als Autor und Illustrator von mehr
als 200 Büchern, Buchumschlägen und Posters und erntete dafür
Bezeichnungen wie absurd, vergnüglich, düster, nostalgisch, klau-
strophob, poetisch, surrealistisch, subtil, versponnen, grotesk,
spielerisch, makaber, boshaft, raffiniert, sadistisch, dekadent,
hintersinnig, trocken, schauerlich, souverän, einzigartig. Die
›New York Times‹ rückte seine Zeichnungen in die Nähe von
Magritte, Max Ernst und Giacometti; Oskar Kokoschka nannte
sie »sublim, absurd und mystisch«. Unter den von Gorey illu-
strierten Autoren finden sich Samuel Beckett, John Buchan, Edward Lear, Saki, Muriel Spark, H. G. Wells und die Brüder
Grimm. Goreys Ausstattung verhalf der Broadway-Inszenierung
von *Dracula* zum Welterfolg.

Seit 1953 besucht Gorey fast allabendlich die Vorstellungen des
New York City Ballets. Er lebt zusammen mit seinen Katzen ab-
wechselnd in New York und in Barnstable, Cape Cod. Die
New Yorker Zeitschrift ›Art News‹ sagt von ihm: »Wenn
de Sade Beatrix Potter geheiratet hätte, so könnte das Produkt
sehr gut Gorey sein.«

Kleine Gorey-Bibliographie

1953   *The Unstrung Harp or Mr. Earbrass Writes a Novel*
(Eine Harfe ohne Saiten oder Wie man einen Roman schreibt)

1954   *The Listing Attic* (Balaclava)

1957   *The Doubtful Guest* (Der zweifelhafte Gast)

1958   *The Object Lesson* (Ein sicherer Beweis)

1959   *The Bug Book* (Das Käferbuch)

1960   *The Fatal Lozenge* (Das Moritaten-Alphabet)

1961   *The Curious Sofa* (Das Geheimnis der Ottomane)
The Hapless Child (Das unglückselige Kind)

1962   *The Beastly Baby* (Das gräßliche Baby)
The Willowdale Handcar (Die Draisine von Untermattenwaag)

1963   *The Gashlycrumb Tinies* (Die Kleinen von Morksrohlingen)
The West Wing (Der West-Flügel)
The Insect God (Der Insektengott)
The Wuggly Ump (Der Schrekelhuck)

1964   *The Sinking Spell* (Der Spuk-Fall)
The Nursery Frieze (Der Kinderstuben-Fries)

1965   *The Remembered Visit* (Erinnerung an einen Besuch)
The Pious Infant. Henry Clump, by Mrs. Regera Dowdy
(Das fromme Kind Heini Klump, von Frau Regera Dowdy)

1966   *The Inanimate Tragedy* (Die seelenlose Tragödie)
The Evil Garden (Der Böse Garten)
The Gilded Bat (La Chauve-Souris Dorée)

Die wahnsinnigen Werke des

Edward Gorey

in 33 Diogenes Kunst Taschenbüchern